비로소 끝난 리허설

양진모 시집 비로소 끝난 리허설

1판 1쇄 펴낸날 2022년 9월 26일
지은이 양진모
발행처 (재)공주문화재단
펴낸이 이재무
책임편집 박찬세
편집디자인 민성돈
펴낸곳 (주)천년의시작
등록번호 제301-2012-033호.
등록일자 2006년 1월 10일
주소 (03132) 서울시 종로구 삼일대로32길 36 운현신화타워 502호
전화 02-723-8668
팩스 02-723-8630
홈페이지 www.poempoem.com
이메일 poemsijak@hanmail.net

ISBN 978-89-6021-659-4 03810

값 10,000원

*본 도서는 (재)공주문화재단(대표이사: 이준원) 사업비로 제작되었으며, 「2022 공주 신진 문학인」 선정 작품집입니다.

비로소 끝난 리허설

양진모

천년의 시작

시인의 말

일하는 사람들의 땀, 소중합니다.
오롯이 일을 생각하고
웃음 그득하고 즐거운 일터를 꿈꾸는
시인이려 합니다.

공주문화재단 신진문학인 선정 고맙습니다.
가슴 벅차고 행복합니다.

차 례

시인의 말

9

제1부 일하러 가는 길

길

작업차 짐칸에 실려
차령고개 지나는데
붉은 노을 물드는 나뭇가지
만날 수 없는 어머니의 손이다
밥이나 제대로 먹고 일하는지
걱정은 이미 고개를 넘는다
산등성이 걸린 해를 보며
손 내밀 내일조차 없어 비로소 혼자다
뼈 빠지게 작업하고 받은 돈도
경비 제하면 빈손이다
숙소 마당 바람에 실린 아카시아
달콤한 향기로 더 슬픈 하루
누가 알까 두렵던 길이다

쌈짓돈

고향 떠나온 날
천 원, 오천 원, 만 원짜리 뒤섞어
주머니 속에 넣어 준
엄니 쌈짓돈 십만 원
하룻밤 뜨스한 아랫목 몸 누이고
만 이천 원
한 끼 식사 삼천 원
눈치 없이 호강하면 닷새는 살 수 있단다

망설이다 빈손으로 들어선 국밥집 일자리
허기진 손은
국밥 그릇 씻느라 한나절 젖었다
허리 펴지 못한 주방 설거지
손님들 돌아간 시간 주방 밖 조용하다
국밥집 사장님 너스레 떨며
국밥 한 그릇 말아 시간을 보상한다

뽀얀 국물
집 떠날 때 안아 주던 엄니 얼굴이 숨어 있다
눈물로 국밥 간을 하고 허겁지겁 한 끼 채우면

창피함도 자존심도 없다

골목길 널빤지 찾아 두껍게 깔고
버려진 신문지로 만든 잠자리
해진 점퍼 꺼내 이불 삼아 덮고 누웠다
만이천 원을 벌었다
주머니 속 십만 원 그냥 남았다

간판장이 초보

호기 부리고 집 나와
날품팔이 일자리로 만족할 수는 없다
무작정 찾아간 번듯한 작업장
출입구 경비실 앞에서 기가 죽는다
새까만 고급 세단 지날 때마다
곤색 모자 쓴 정복 아재가 손 경례를 한다
내친걸음이다 안으로 들어서자
고랑 진 주름 그득한 경비 아재
막무가내로 저리 가란다
한 발짝 들어 보지 못하고 쫓겨났지만
더는 물러설 곳이 없다
사흘째 경비실 앞에서 박스 덮고 잤다
새까만 고급 세단 멈춘다
먹여 주고 재워 주기만 하면
봉급 없어도 열심히 일하겠다는 말 한마디
미소 짓는 사장님 모습 감지덕지다
반년 동안 휴게실에서 자고
화장실에서 씻으면서
제대로 일 배우는 간판장이 초보가 되었다

뿌꾸

종일 내린 장대비
쌓인 일거리 미루고 창고 앞에서 서성거린다

마당 움푹 파인 작은 물구덩이
첨벙첨벙 빗속을 뛰어다니다가
부르르 떨며 짖어 대는 뿌꾸
마당 한구석에 자리 잡은 녀석 아방궁
때 되면 차려지는 진수성찬
세상 부러울 것 없다

철 지난 두꺼운 누비옷
빗방울과 진흙 묻은 털보다 못하다
방 한 칸 없어 휴게실에 몸 눕히고
선택할 것 없는 구내식당의 점심
어디 하나 녀석보다 좋을 수 없다

슬그머니 다가와 우두커니 바라보는 뿌꾸
내 형편을 아는지 애처롭다

일개미

게으르지 말고
욕심내지 않으며
남의 것을 탐하지 말라는
주님 말씀대로 살고 있습니다
하루 일 마치고도 숙소로 돌아오지 못하는
마음의 얼룩을 지우며
처절하게 살고 있습니다
주님은 축복을 약속하십니다
네 것이 없어도
우리의 것이 풍성하면
마음만은 행복으로 여길까 합니다
여섯 달 치 밀린 월급
조석마다 빈손으로 오가는 중입니다
아직 제 손에 얻은 것이 없지만
혹시 몰라 오늘도 축복을 기다립니다

헛일

무더운 햇살 아래
간판 거는 일이 막바지다
벽에 구멍 내려 드릴을 돌리자
느닷없이 나타난 할배
시끄럽다 투덜대며 간판 당장 내리라
한시도 쉬질 않고 눈 부라린다
손등 크게 자란 사마귀가 유난하다
밭고랑 같은 이마의 주름
갈라진 입술 위 삐죽삐죽한 수염
조잡하게 빗겨 쓴 모자
소릴 지를 때마다 온통 막걸리 쉰내다
놀란 할매 냉수 한 사발 건네주고 달래지만
애꿎은 할매에게 지팡이를 휘두를 참이다
눈치 보던 할매도 눈치로 간판을 내리라 한다
좀 쉬었다 하라며 종종걸음이지만 작업이 더디다

할배요 잔금은 냅 두소
할배 슬그머니 뒷전이다. 할매도 한숨 돌린다
드릴 소리 요란해도 오늘 한 푼 벌기는 글렀다

세 직장

새벽 다섯 시 당연하다는 듯 뜬 눈
아직 무거운 몸이다
꿈속에서도 작업에 미련이 남아
기지개를 켜지만 하품이 멈추지 않는다
밥도 거른 채 양치질하고
주섬주섬 옷을 세 겹 껴입고서 나선다

신문사 앞마당 즐비한 오토바이
바구니마다 신문들이 그득한
어제 무슨 일이 일어났는지는 관심 없다
매수를 확인하고 동네 한 바퀴

해 뜰 무렵 회사 휴게실
껴입었던 옷 정리하고 청소를 시작한다
한 시간쯤 반가운 얼굴들
어제와 같은 작업
어제 나누었던 이야기들의 연속
오늘도 저녁은 굶는다

달이 머리 꼭대기

다시금 아침에 입었던 옷들 걸쳐
휴게실 나서면
우유 박스 가지런히 정리되어 있다
하루의 시작인지 마감인지 모를 일
새벽이슬이 오기 전 새벽을 달린다

쉬지 않고 일하고 열심히만 하면
최선을 다하고 게으르지만 않으면
성공한다는 옛 선인들의 말
주머니 속사정 여느 달과 다를 바 없다
그저 달콤한 사탕발림이다

꿈은

도시의 밤하늘을 밝히는
저 찬란한 불빛들
발길을 잡는 불나방들이다

이미 빈손
저녁 사 먹을 돈이 없어
야근 팀에 끼어 공장 밥을 먹는다.

지나는 사람들 사이로
섬광처럼 덤비는 자동차 불빛
손으로 가릴 사이도 없이
뿜어 넘치는 소음
서릿발 내리는 어둠
아직 내 몸은 여름옷 치장이다
밀린 월급을 받으면
냉기 어린 출근길
따뜻한 누비 점퍼 걸치고
가슴 펴고 공장으로 내려갈 텐데

꺼지지 않는 불빛

거세게 밀려오는 흥겨운 유행가 들으며

눈물 젖은 작업대 꽃봉오리

꿈은 지워지지 않는 튼실한 자유다

육십만 원

성한 곳 하나 없다
찢기고 긁히고 퉁퉁 붓고
여러 달이 지났건만
작업이 쌓일수록
피폐한 몸과 마음

월말이면 공장이 들썩들썩
근사한 곳에서 데이트한다는 자재팀 막내
백화점 들러 옷 한 벌 구비한다는 이 대리
첫 월급에 신이 난 신입사원
퇴근길에 친구들과 탁사발 들이키는 팀장님
핸드폰을 바꾸는 과장님
모두들 퇴근 시간만 기다리거늘
모두 남 얘기다

반년이 지나도록 월급 한 번을 받지 못했다
그저 먹여 주고 재워 주기만 한다면
머슴처럼 일하겠다는 말 때문이었을까
부모님 속옷 한 벌 용돈 한 번 못 보낸 못난 아들

소주 한잔에 펄펄 끓는 곱창전골 호사다
단물처럼 넘어가는 쓰디쓴 지난 몇 개월
보상이라도 하듯 손이 바쁘다
고생했어! 슬그머니 내미는 부장님
첫 봉급 육십만 원

머슴이 된 노동자

윙윙대며 쇠 자르는 카터기
쩌렁쩌렁한 망치
불꽃놀이 하는 용접기
전쟁터 총소리 못지않은 에어타카
쉴 새 없이 도는 콤프레샤
작지만 소리만큼은 날 선 핸드그라인더
종일 귀가 얼얼하다
점심시간 되어야 휴전이다

온통 무기로 가득 찬 작업장
산업재해 싫어하는 회사
노동자 안전이 우선이고
작업자 복지가 우선이라지만
부주의 안전사고는 노동자 몫
중소기업은 말할 것도 없고
대기업에서도 마찬가지다

선풍기 두 대로 버티는 무더위 작업장
냉온수기는 매번 물이 없고
햇볕 다 가리지 못한 천장

뿌연 먼지로 코끝이 사납다
서슬 퍼런 작업장
함부로 나대면 해고니 견디어야 한다

머슴이 된 노동자 군말 없이
기름진 나리 배만 채운다

회식

입사하고 처음
시끌벅적한 것이 좋을 때
누가 누군지도 잘 모를 때
소통하고 친해져야 한다며
회사가 마련한 자리
성과에 따라 축하하는 자리
반년만이다

세 겹 껴입어도 추운 휴게실 칼잠
반년 동안 먹지 못하고 사지 못한 것
기술 배운 대가라 위로한 시간들
한 잔 두 잔 들이키며 삭혔다

교장 선생 훈화 같은 부장 술잔
아부 떠는 과장 술잔
이 대리 김 차장의 꽃 내 나는 술잔
한탄 가득한 공장장 술잔
어리바리한 신입 술잔

배고픔 한가득 비우며

호사 떠는 눈물 가득 채운 잔
고향 엄니 술잔이다

작업장 재난

뜨거운 햇살 얄미운 계절
아프리카 원주민 얘기가 아니다
동남아 어느 해안에서 한 달쯤 휴가 보내
검다 못해 새카매진 얼굴
허연 눈과 새하얀 치아
크레인 아래를 오르내리는 작업반원들이다

뙤약볕 아래 웃통 벗고 일하는 건 다반사
매일 갈아 치우는 유래 없는 뜨거운 일기 예보
실외작업장 선풍기는 어느새 뜨거운 바람이다
목에 걸친 수건 절은 땀으로 숨이 턱 막힌다

냉장 수박 한 통과 시원한 생맥주만으로도
작업장은 지상낙원 될 수 있으련만
아마 죽기 전 어려운 일인 듯 여기저기 탄식이다
오늘따라 불평이 더하다
오후 두 시 작업을 재촉하는 부장 잔소리
에어컨 밑 부채질하는 인간, 진절머리가 난다

우당탕탕

간판을 부여잡던 크레인 고리 한쪽이 끊어졌다
철공소 같은 작업장에 정적
찰나다

힙합 가수 랩처럼 들리는 부장의 잔소리
빨리 달리는 말에 채찍질하면 말도 화낸다

첫 간판

어두운 밤
지새고 나니 제법 예쁘다
곧 세상 밖 사람들 앞
자태를 뽐내고 입에 오르겠지
잊지 못할 시작이다

조간신문 배달 오토바이 소리 들으며
함께한 지난 며칠
처음 느껴보는 야릇한 시간
격정적이던 그날 이후
온전한 너를 보았다

네가 있는 곳 거닐 때
자태를 뽐내는 너를 보며
그날 밤을 잊지 못한다

방 한 칸 없이 굶는 것이 익숙할 때쯤
비로소 몸에 익은 밥벌이란 것을

눈이 내리면

눈이 내리면 가슴이 시립니다.
스무 살 어린 마음은 추억 속에서 설레지만
지금은 공장 입구 눈을 쓸어야 합니다.

쌓인 눈을 밀치다가 빗자루를 든 채
눈 그친 하늘 우러러 그대를 향해 갑니다.

밥이나 먹여 주시냔 죽기 살기로 일하겠습니다
무릎 꿇던 날 하늘이 오늘처럼 서늘했습니다.

마음을 달래 주려는지
흐르는 눈물을 씻어 주려는지
다시 함박눈이 푸근하게 내립니다.
고향 하늘에도 이처럼 함박눈이 내려
그대의 창가에서 춤을 추겠지요?

야, 빨리 눈 치우고 일해야지
깜짝 놀라 바라본 하늘에는 여전히
그대가 환하게 웃습니다.

부고訃告

픽
불꽃도 없다
삼만 볼트 네온가스실
노동자 부고
오십 나이에
중·고등학생 자녀 둘
빠듯한 생계

성난 파도가
모든 걸 삼켜 버릴 듯 위용 떨고
남은 것이라고는 앙상한 야간작업
33년 노동한 그가 남긴 것
비통하고 미어지는 가슴으로
울부짖는 아이들뿐이다

무거운 쇠를 들어 나르고
위험한 카터기에 손을 맡기고
밧줄 하나로 고층 빌딩 오르내리며
먹을 것 아끼고 사고 싶은 거 참고
수십 년 모아 작년에 이사한 전세 아파트

단벌 신사 작업반장 악 소리 한 마디 없이
고통스런 세상 버리고 저 먼저 떠났다

아무리 발버둥 쳐도
끝없이 오르는 세상살이 따라잡을 수가 없다
모든 것이 올라도 임금은 동결이다
수년째 협상도 없다
죽어도 집 한 채 되지 않는 위로금
누가 정하고 누가 만들었는지
패밀리 레스토랑 한번 가는 것이 죽기보다 어렵다

노조

퉁퉁 부은 손
고름 잡혀 살이 썩어 가는 통증
살짝 닿기만 해도 온몸이 전율한다
긁혀 나간 살갗은 아물 줄 모르고
닳아 버린 무릎 윤활제가 필요하다

누구나 몸 성한 곳 없다
안전사고 개인 부주의라
혀끝을 차고
누구 덕에 배 기름 두르는지 모른 체
찢어진 입 놀려 댄다

노동자 편이라 나서는 반장들
범에게 잘 보이려는 하이에나다
틈 보여선 안 된다
한눈파는 새 목덜미 내주기 마련
썩은 육신 풍미를 느끼는 하이에나일 뿐이다

철철 흐른 피 포도밭 와인
갈색빛 도는 근육 좋은 몸 맛 좋은 등갈비

말 없는 입 귀족의 천하태평
고귀하신 분 호사다마

울부짖자 일어서자
썩은 몸 아우성쳐
마당 지키는 개보다 나은 삶 찾자
굳게 단결하여 사랑하는 내 가족 지키자
붉은 띠 매고 두 주먹 불끈 쥐어
쟁취하여 허리띠 늘려 보자
사람답게 살고 싶어졌다

제2부 광고 노동자의 하루

디딤발은 방황 중

하늘 향해 높게 치솟은 전봇대
정복해야 한다
저곳을 올라 부르짖고
알려야 한다
그가 국회의원이 되었다고

죽음의 공포가 드리워진 고압선 아래
흔들거리는 낡은 사다리
하늘 향해 굳게 다문 입
흔들리는 눈동자
조마조마한 가슴
디딤발은 이미 방황 중이다

세 번의 저승길을 아무렇지 않게
가쁜 숨 몰아쉬며 모든 것을 감춘 노동자
손에 든 삼만 원

짠맛 혹은 쓴맛

시커먼 철판 자르고 접어
불꽃 잔치하며 지진다
새빨간 옷 입혀
구리 장식 달고 이름 붙여
밤 손님 길 잃을까
빛을 낸 간판이다

끈적하고 시커먼 구리스 달라붙은 와이어
천천히 올라 제자리 잡아 주는 크레인
이제 일하는 사람들 몫이다

울퉁불퉁 조각난 구릿빛 팔뚝
매섭고 날선 족제비 눈
툭 튀어나온 광대 위로
쉴 새 없이 흘러내리는 짠맛
혹은 쓴맛
뚝딱뚝딱 박고 드르륵 조이면
제자리 마냥 떡하니 나오는 멋진 자세다

뜨거운 햇살도 바람 없는 하늘도

그늘 하나 없는 빌딩 숲 사이

하염없이 흐른 땀

저녁상에 오른 삼겹살이면 그만이다

고구마

문을 열고 나선 새벽
입가에 피어오른 굴뚝 연기
제법 아직은 추운 초봄
내복 한 벌 없어 껴입는 옷
둔한 움직임으로 뒤뚱거린다
발가락 시려 여름 양말 두 겹
손 주머니 속에 넣고
색 바랜 야구 모자 눌러쓴 출근길이다

작업장 난로 활활 타는 불구덩이로
으레 은박지 꼭 싸서 넣은 고구마
두렵지만 허기진 뱃속 군침이다
혹여 부장이라도 본다면
하루의 시작이 그리 편하지는 못할 터
채 익지도 않은 고구마를 꺼내
목구멍에 밀어 넣는다
턱 막힌 목
훔친 것도 아닌 것을
방울방울 맺힌 눈물
가슴 두드리며 마신 물 참 쓰다

동치미 한 사발, 김치 한 쪽 없는

덜 익은 고구마

어머니 오늘은 그래도 든든합니다

구평동 원룸

제대로 입지 않고
먹을 것 참아 가며
마련한 보금자리

밥상 이불
생필품 그릇 몇 개
양품점*

직원 휴게실 칼잠
샤워실로 쓴 화장실보다는
아무려면 못하지 않을 곳
볼 것도 없는 당일 입주 계약

작은 베란다 화장실
방 한 칸으로 구성된
보증금 오백, 년 이백만 원짜리
궁궐같이 편안한 구미시 구평동 원룸
온수 콸콸 나는 보금자리

사글셋방 한 칸

두 해 반년만의 깨달음

가슴을 파고드는

엄마의 따뜻한 밥상

* 양품점: 서양식으로 만든 물품(잡화)을 전문적으로 파는 가게.

선산곱창집

큰길 버스정류장 옆
구평 방향 육교 못 미쳐
선산곱창집
소주 한잔 마시러 왔다

입사하고 성과 올라
반년 만에 회식했던 곱창집
전골 한 냄비
소주 서너 병이면 금상첨화다

얼큰한 부장 웅변대회 참가자 되고
팀장 공치사 구성지게 노래하는데
구석 자리 팀 막내
주고받고 채운 잔 털어 넣는 목이 멘다

올해 마지막 밤 지나면
계약 만료 세상 밖으로 나가야 하는 막내
매년 겪는 재계약 앞둔
눈물의 술판이다

한 달도 남지 않는 비통함

인동시장에서 헐값 주고 사 왔다는

종일 쳇바퀴 달리는 다람쥐라며

속으로 속으로 눈물 쏟는 밤이다

용기

아물지 않는 살갗 흐르는 고름
부러진 팔보다 더한 쓰라림
눈치 보는 병원 못 간 노동자

내성 생겨 듣지 않는
약국의 약
기술자보다 의사 약사가 필요한
열악한 작업장이다

욱신거리는 발 딛기도
쉽지 않은 일
경증 노동자
소리 낼 수 없는 통증

보석 같은 두 아이
봉급 받아 살림하는
알뜰살뜰한 고마운 아내
입 밖에 낼 수 없는 통증

버텨 이 악물고

괜찮아 만성되면
오 년 십 년 이십 년
버텨 낸 그들이다

죽으면 없을 몸 편하고자
모든 것 버릴 용기조차 없다
그래도 울어 줄 사람 있겠지
그래 있겠지

계약직 막내

사무실 밖 계단 통로
소리 없이 어깨 들썩이는
계약직 막내
소처럼 큰 눈망울에 눈물 그득하다

혼자
밤새워 가까스로 낸 디자인
인쇄되지 못한 제품, 계약 만료란다

사람에게 등급 매겨
정규직 비정규직 예고된 사태다

어제는
첫 번째 결혼기념일이란다

파래진 손톱

처음 시작은 누런색이다
뽀얗게 변해 버린 녀석 배도 많이 불렀다
열어 보니 벌겋게 달아올라 수줍어하던 녀석이
어느덧 파랗게 질려 버렸다

처음 시작은 꿈도 생기도 있었을 터
점점 숙련된 머슴이 되는 기능공 기술자
주름은 늘고 흰 머리 그득한 몸
상채기 온통 고름꽃이다
갈라진 손끝 파랗게 변하고 있다

초심 잃지 않은 기술공 공장장
두툼한 봉급 봉투 시간 맞춰 먹는 약값

버려질 놈

머리가 아퍼
그놈이 글쎄
이리 패고 저리 패서
한쪽 패이고 몸은 갈라져

나는 말이야 계속 말라 가
저놈이 저지른 일
매일 같이 갈고 광내느라
숨이 차 생선뼈만도 못해

참내 고것 갖고 무신 신세타령
너덜 말여 450도로 불사른 몸 볼겨
시간 나면 이놈 저놈
날 지져 분당께
그러다 조금 튀면 집어 던진당께

아이고 무시라
다덜 입덜 다물어
고것이 뭣이라고 그리 야단 떨어
쓸모 있응께 그리도 찾는 겨

내 좀 보더라고 한번을 안 찾아야
여기 있는 줄도 아마 모를 겨
시방 배부른 소리덜 하는 겨

그래 욕하면서
찾아 주기 바라는 갑네
잘들 봐 봐 저놈이나 내나
별반 차이 없응게
저놈도 쓰다가 버려질 놈여
지 사장 눈 밖에 나면 말이여

일하는 사람

거북이 마냥 목 쭉 펴고
뚫어져라 바라보는 모니터
곰 같은 사람 하나 있지요
수시로 울려 대도 상냥하게 받는 전화
반복된 질문에도 화내지 않는
자동응답기 같은 사람 하나 있지요
소쿠리 같은 엉덩이 산 같은 배
비바람 이겨 낸 돌부처 같은 사람 있지요
한두 번 아닌 수십 번 고쳐 괴롭혀도
꿈쩍 않고 존대하고 묵묵히 버텨 주는
등구나무 같은 사람 있지요
제 잘못 그르친 일 상냥하게 상의해 오면
제 잘못인 양 해결해 주는 그런 사람 있지요
급한 일 밤 지새우며 달과 별 친구도 되고
새벽이슬 찬바람 기지개 켜는 사람 있지요
혹여 잘못될 일 대비하려 전문가라 기술자라 치켜세워
등 토닥여 밥벌이 주는 사람에게 감사하는 사람 있지요
엉터리 발주 발 동동 구르는 대표 바라보며
할 수 없는 일도 해내는 슈퍼맨이 있지요
봉급 동결 휴가 상여금 없어도

말없이 자리 지켜 회사 살리는 우직한 사람 있지요

고객 변심으로 삼 일 밤낮 한 일

물거품이 되어도 일을 하다 컴퓨터 멈춰도

처음처럼 불만 없는 오뚝이 있지요

처음 말을 바꿔 우기기 대장 고객

연신 미안하다는 말을 뱉는 사람 있지요

두 아들과 집사람 생각해서 자신을 잃어버린 사람

식구들 생각하며 사는 일입니다

그해 봄

인동 사거리 모퉁이
아바미용실 다다르면
조간신문 오토바이 소리보다
크게 울려 대는 심장
지난밤 애틋한 사랑이다

초봄 어느 날 낯선 도로
조그마한 2층 상가
간판 시공이 분주하던 때
햇살보다 눈부신 앳띤 얼굴
입가에 미소 머금은
엄지공주 같은 그녀

상술에 휘말려
바이올렛 립스틱
하얀 마시멜로 인형
며칠째 잠 못 이뤄
행한 행복한 수작질

흰색인지 검은색인지 모를

다 해진 운동화
꿰매 입은 작업복 바지
까무잡잡한 얼굴 작은 키에
눈 가린 헝클어진 머리
어느 하나 좋아할 것 없어

분명 싫었던 게야
만나는 사람이 있다는 거짓말
사랑이 알고 싶었던 그해
봄

주공아파트 501동 1202호

달달한 봉지 커피
어젯밤 다하지 못한 술판
이바구 일각이면
쉼 없이 돌아갈 일터
모두가 떠나길 기다린 두 시진[*]
공공의 눈치 보며 시작된 하루다

수족 같은 연장을 들고
좁은 통로를 족제비처럼 날쌔게
활보하는 도편수 뒤를 잇는 숙련공이다
나무를 죽이고 살리며
주춧돌 그랭이질 하듯
맞추어진 현장 붙박이다

치목질 잘된 나무
화장된 집
한 꼭지 살린 기능장
부드러움을 더한 추녀

수일 지나면

손발 허리 끊어질 고통
아픔을 담은 아름다운 집
환한 웃음으로 지을 판이다

붉은 얼굴 새침데기 되어
반기는 가로등
차들도 모두 제집으로 돌아간 텅 빈 도로
쳇바퀴 몇 차례 돌다가
아무렇게나 주차하고 들어서도 괜찮을
주공아파트 501동 1202호

＊ 시진. 시간이나 시각을 뜻함.

쪽방에 내리는 눈

동트기 전 가로등 벗 삼아
차 한 대 없는 거리 달려와
꼬깃꼬깃 담배 하나 물고
주인인 양, 어깨 펴고
성큼 빗자루부터 든다

한 평 남짓한 작업장
머리 닳은 장도리
온몸에 상처뿐인 용접기
소름 돋는 그라인더
장단 맞추는 핸드타카
시커먼 노동자의 동반자다

깜빡이는 네온사인 찬란한 밤거리
길 끝자락에 즐비한 포장마차 소란하다
할 말 많은 양복 입은 번듯한 정규직
수염 그득한 누더기 입은 일용직
서넛 모여 시끄러운 사회 초년생
되돌아 나온 골목 포장마차
홀로 세상 다 짊어진 가장이 앉을 자리는 없다

낡은 찬장 의심쩍어 뒤적이다가
유통기간 지난 삼양라면 한 봉지
점심에 남은 짠지 넣고 끓인
양은 냄비 그득한 냄새로도 넉넉하다

텔레비전 없는 쪽방 한 칸
겹겹이 쌓인 여름 이불
가로등 불빛 새어 드는 창문
소리 없는 함박눈 내려 푸근하다

고요한 구호

기계 소리 소란한 작업장에는
한숨과 탄식 억눌린 고요가 있다
아무 일 없다는 듯 말 없는 팀장과
신출내기 대리 알 수 없는 미소만 그득하다

해 뜨기 전 세상 밟는 노동자
공구 닦고 정리 제작 일정 확인하고
해진 장갑 성한 것 골라 뒷주머니 끼고
쭈그려 앉아 담배 한 개비 문다
수십 년을 했건만 변하는 것은 없다

그을린 얼굴 먼지 그득한 머리
누더기 작업복 시커먼 손
생채기뿐인 작업화
십 년 십오 년 허울 좋은 팀장을 꿈꾼다
넥타이 와이셔츠 입은 사무직
오 년이면 대리도 팀장이다

시끌벅적 둘러앉은 연탄 구이
잔 높이 들고 외치는 구호, 노동자 세상

카터기 돌아가는 소리보다 씩씩하다
그렇게 공장을 점염*한다

* 점염: 차차 번져서 물듦. 또는 점점 전염됨.

대한민국 노동자 이재식 씨

비가 우둑우둑 오던 날
작업장 한쪽 반쯤 태운 담배 물고
서글서글한 눈 흰 수염
쳐진 눈꼬리 툭 나온 광대
부처님 귀 귓불에
흰머리 그득한 스포츠형 머리
터지고 주름 가득한 손
걱정스러운 표정으로 묻는다

스물둘, 충청도, 공주, 애인은 없어요
운전면허증이 자격증 가진 돈도 없어요
기술 배워 번듯하게 사장 되려고요
십 년? 이십 년? 글쎄요
고향 떠날 때
학비 없어 대학 포기하고 온 것이 벌써 두 해
부모 가슴에 못을 박았지요

담배 비벼 끄고 일어선 공장장
한참을 보다 머리 쓰다듬고 불러 앞장선다

낡고 녹슨 철제 책상, 색 바랜 책장, 찢어진 쇼파
테이블 위 널브러진 도면
오래된 라디오에서 지지직거리는 교통방송
처음 본 공장장실이다

넘겨준 낡은 노트 두 권 들고
아무것도 모른 체 발을 디딘 삼십 년 전
젊은 청년 이재식

평생 소작한 가난한 농부 아비
품앗이로 새벽부터 일하는 어미
변변치 않은 입성 누비고
줄줄이 방 한 칸에 눕는 식구들
학비 없어 그만둔 중학교
역마살 끼어 나다니기 좋아한 것이 다행이다
붓으로 몇 자 적은 양철 씌운 나무 간판
자전거에 싣고 내달린
양판점 양장점 다방 책방 방앗간 구판장 공판장
동네 최고의 기술자 꿈꾸다
셋방살이 끝에 마련한 전세

오롯이 수십 년 한 길만 걸은
숙련공 공장장
무심한 세월 변하지 않는 것
열심히 일한 노동자 땀 값

고스란히 적힌 노트 두 권
대한민국 노동자, 이재식 씨

제3부 일하는 사람들

관성적인 말

진심이 담긴 무의식의 언어
수족이 되겠다는 맹목적 다짐
안심시켜 주는 따뜻한 인사말
반드시 해내겠다는 필승의 약속
기다렸다는 듯 내뱉는 복종의 아부
하루에도 수십 번 되새김의 자책
상대성 없는 절대적 힘
감정 없이 감정 담는 순종적 말
매번 지는 패자의 슬픔
존귀함 담은 존중의 대사

네 고객님
네 선생님*
네 사장님

세치 혀는 자존심을 버렸다

---

* 선생님: 기업체에 일을 주는 모든 사람을 가르켜 부르는 호칭.

비로소 끝난 리허설

새벽이슬 맞으며 도착한 현장
스무 명이 넘는 스텝들
얽히지 않고 뛰어 삽시간 라인 잡고
자리 잡힌 세팅
네 시간의 혈투를 가늠하다

총감독 큐 사인
춤추는 음향 감독 콘솔*
빛의 향연 펼친 조명 감독
온 나라 국민과 합을 맞추는 영상 감독이다

행사 시작 알리는 사회자 멘트에 맞춰
팝첼리스트의 아름다운 선율 그리고
박수갈채
거행된 공식 행사다

국민의례 및 내빈 소개, 시장님 축사, 경과 보고 영상
시청, 감사패 수여
퍼포먼스와 축하 공연
변수 많은 행사장

매서운 매의 눈 무대 감독
쉴 새 없는 무전기

수고 많으셨습니다
비로소 끝난 리허설

그대들만 믿습니다.

* 콘솔: 모든 음향기기를 컨트롤 하는 장치.

전동 드릴

구미대교 앞 임수동 공구 골목
후크 선장이 찾아다니던 보물섬으로
신비로운 세계가 수없이 펼쳐지는
틀림없는 환상의 나라로 전동 드릴 사러 갔다

가는 곳마다 욕심부려지는 미지의 바다
온통 신기하고 자태를 드러내는 멋진 것
금빛 찬란하며 은빛 나고 색색이 철갑 두른
육중하면서도 라인이 살아 있는 보석들

어디에도 목매지 않은
붉은 옷을 두르고
검은 구두 신고 눈빛 강렬하여
금방이라도 힘 토해 낼 듯한 표정으로
날쌘 몸매 자랑하고 멋진 집 가진 힐티*
노동의 날들을 위해 널 꾀어내련다

아래턱 살 늘어진 주인
도통 흥정에 모른 척 버티고 있다
뻔한 주머니 속사정

보름은 곡기** 걸러야 널 품겠다

또 보러 올게

미생이라 사활은 아직

---

* 힐티: 충전식 전동 공구 브랜드로 전동 드릴 공구를 대표하여 쓰임.

** 곡기: 곡식으로 만든 적은 분량의 음식. 끼니를 뜻함.

양 국장

또 하나의 이름 사무국장
사람들은 국장, 양 국장이라 부른다
문득 청국장 생각이 난다
좀 웃기다
양 계장이 더 낫겠다
실컷 웃게

단체 일 하나둘 하다 보니
얻은 직급, 이름처럼 불린다

무대연출 공연팀 섭외, 음향팀 무대팀 정신없다
최종 결정 승인받기 전 챙겨야 할 몫
전지전능한 감독이어야 한다
스태프는 번개고 나는 발바리 양 국장이다

VIP 행사의 꽃, 주인 아닌 주인
문화 체육 행사 예술 행사 지역 행사
대통령 취임식 못지않은 무시무시한 내빈 소개
한 명이라도 빠지면
만고역적이 된다

중요치 않은 선포식에도
작은 눈 크게 뜨고, 매처럼 노려보고
다시 보고 찾아야 산다
또 다른 고객님들

우리 회사 대표

무엇이든 들어 주는 심부름센터 소장
저금한 돈 없어도 찾을 수 있는 대부 계장
미식가들이 찾는 오성급 호텔 주방장
비즈니스 클럽 마담, 골프장 겜돌이
안 되는 거 없는 해결사
겨우 직원 3명
우리 회사 대표의 또 다른 별칭이다

디스크가 닳도록 굽신거리고
닳아 없어진 지문으로 들어 올리는
소주 맥주 양주 폭탄주
만삭 임산부 아내 하늘 보는 것도 어려운
우리 회사 대표의 일과다

첫째 주 일감
둘째 주 재료비
셋째 주 직원 봉급
마지막 주 하청 업체 도급 비용
피가 마른다

씨불이는* 잘난 지청구 들으며

뙤약볕 낡은 사다리 위 홀로 선

노동자 바람도 모른 척하는 우리 회사 대표다

* 씨불이다: 주책없이 함부로 실없는 말을 하다.

생불이신 김판수 씨

시커멓고 웅장한 스피커
하나둘 줄지어 세우고 쌓고
라인 잡아 안테나 믹서* 연결해서
제소리 낸 무더위 땀 값

우람한 소리들의 행렬
태워 버릴 듯 강렬한 빛
온몸으로 견디며
우렁차고 섬세함 토해 낸다

스케줄 많은 유명 인사
평일에도 막히는 고속도로
정해진 리허설
홀로 지키는 음향 엔지니어 김판수 씨다

주최 측 말 한마디에
알랑방귀 대행사 총괄 기획자와
담당자 반복되는 현장 체크
툭 던지는 말 한마디로
저마다 잘났다고 씨불거리는 행사장

김판수 씨 홀로 묵묵하다

계약할 때마다 생떼 쓰고
현장에서 오만무례 갑질하다가도
돈 줄 땐 세상없는
동네 형이고 선배이고 후배라고 어를 때도
그저 고개만 끄덕이고 하루하루 벌어먹는
영락없는 하바리** 노동자
생불이 되셨다

* 믹서: 음악이나 특수 효과음 따위를 덧씌우게 해 주는 시스템.
** 하바리: 품위나 지위가 낮은 사람을 낮잡아 이르는 말.

업보

이슬 맞은 수십 동 천막
수백 개 의자, 테이블, 고정 줄, 모래주머니 실은
즐비한 화물차 일용직 기술 노동자
구슬땀 흘려 마무리된 동민화합대회 준비

여기가 맞나?
사장님 생각은 어때요?
목구멍 틀어잡은 높으신 담당자 말 한마디에
세 번째 옮겨지는 치열한 현장
매번 쓸모없는 숨 막히는 도면
군대 같은 상명하복의 일터

김 씨는 아들 등록금
매번 오르는 박 씨의 사글세
마누라 병원비 밀린 전 씨
모두 다 짊어질 업보다

거시기도 까라면 까는 겨
몇 번이고 숙이고 숙인 등 뒤에서
누구도 들을 수 없이 내뱉는

기가 막힌 삼십 년 화병*

말없이 곪아 버린

듬직한 일용직 노동자

해바라기 같은 아버지의 업보다

---

* 화병: 억울한 마음을 삭이지 못하여 간의 생리 기능에 장애가 와서 머
리와 옆구리가 아프고 가슴이 답답하면서 잠을 잘 자지 못하는 병.

하루살이

흙먼지 아지랑이 피고
집채만 한 굴삭기 굉음 소리
빙글빙글 어지러운 레미콘
덤프 경적 소리 요동치는 심장
산허리 풍광을 돋울 아파트 건설 현장이다

고비사막 한낮 태양도 이러했을까?
금방이라도 달걀 프라이 내줄 공사장 펜스
이글이글 타는 두 눈 군소리 없이
목에 두른 워터 파크 타올
눈물 쏟고 있다

오후 한나절 지나
산 넘어 퇴근하는 해 보며
시커멓게 탄 몸 쭉 펴고는
담배 한 개비 깨물고
구겨지고 널브러진 부산물, 연장
이십 년 숙련공이다

무더위에 고삭* 된 몸

마파람에 흔적 없어지는
이뤄지지 않는 꿈
숨넘어가는 하루살이다

* 고삭: 보리, 콩, 팥 따위를 볶아서 맷돌에 갈아서 만든 가루.

지문을 지우며

퇴근길 걸려 오는 전화
조물주 건물주보다 높으신
생떼 쓰는 고객님이다
웃으며 전화 돌린 과장님
재계약 앞둔 막내 디자이너
정규직 칼퇴근이다

온갖 잡일 심부름
녹초 되는 허드렛일
고졸 생산부 막내 일감
이마저도 신입 눈치 보인다

모두가 잠든 정글
발톱 갈고 이를 갈아
싸움 기술 득해
먹이사슬 계단 오른다

눈칫밥 발발이 근성
속없는 가슴
침 그득 바른 입으로

손발 지문 지운 맹목적인
크샤트리아*의 수드라**

* 크샤트리아: 인도의 카스트제도 중 귀족과 무사 계급.
** 수드라: 인도의 카스트제도 중 노예 계급.

폐업

나흘째 멈추지 않는 장대비
홑겹 함석지붕의 오케스트라 협연이다
가끔 들리는 망치 소리 장단
흥얼흥얼 화음 넣는 작업반원
오랜만에 느껴보는 자유다

계속되는 전쟁 열이틀
기세 높던 무더위 물러설 즈음에
쏟아지는 제품으로 점령당한 작업장이다
이틀 후면 발 디딜 틈 없겠다
오전 열한 시 휴전 알리는 라디오
화들짝 놀란 삼십삼 년 노병들
살갗 찢어지고 고름이 엉겨 붙고
부러진 뼈마디 고통 엄습해도
말없이 죽어라 산출의 고지 지켰다
주어진 작업량에 전전긍긍했고
늘어나는 숫자에 처음 며칠 달콤했다
팔다리 편안해지자 마음 느슨해지고
전쟁터 화염 대신 수다 그득한 작업장
담배 연기 그득하여 훈련소 가스실이더니

이내 적막하다

스멀스멀 엄습해 오는 불안감은
제때 설치 못 해서 늦어진 수금 때문이다
눈치 보일 이달 봉급
수일째 혀끝 차며 늘어난 한숨
인근 공장은 문을 닫았다는 소문이다

변신

쉰 김치, 짠 오이지, 중국집 단무지
오래된 눅눅한 콩자반, 봉지 김
어제 먹다 남은 찬밥
도무지 바뀌지 않는 저녁 밥상이다

냉기 가득한 단칸방에는
홑겹 이불 서너 장 둘둘 말았는데
최신형 보일러 두 달째 고장이다

고층 건물 밧줄 타던 작업반장 덕에
올갱이국, 지짐이, 홍어, 맛난 떡, 과일, 진미채
소주 한잔에 더하는 구슬픈 가락 장송곡
깜장 양복 하얀 와이셔츠
모처럼 차려입은 노동자

죽어야 입는 단벌 정장

소주를 마시며

오늘이라고 다를 바 있나. 오후 다섯 시면 여지없이 삐죽거리는 악마 같은 그놈의 입술, 계면쩍은 속삭임 뱀 같은 혀 날름거려 목을 죈다. 쉼 없이 오른 정상 첫 봉우리 끝이 아닌 시발. 시시각각 바뀐 의도 노동의 굴레 주종이 확실한 관계 결코 사랑할 수 없다. 커지는 삶의 고로, 피곤, 겹겹이 쌓아 높아진 굴뚝 먹구름 속 아물지 않는 고통의 메아리 차곡차곡 쟁여 태풍처럼 널 덮칠 것이다. 붉은 빗발 발아래 차가운 콘크리트 만나 그간의 여정, 한낮 땀방울에 몽땅 빼앗겨 제빛 잃어 모든 것을 수포로 몰았다. 가뭄 들어 갈라진 마른땅 꽃 피고 풀 돋으면 지난 밤 맹세했던 초심 다시 꿈꿀 수 있을까? 십 년 금수강산 변모할 때 아무 일 없던 단칸방 누더기 걸친 수염 많은 노동자 헛기침. 마지막 달 꿈 담아 새로 뜨는 태양의 눈부심에 미친 듯이 울부짖고 토하고 치성 다한 한해살이 야생화. 썩고 병든 것들 시장통 값싼 꽃에 치인다. 예뻐 보여야 한다. 잘 보여야 한다. 주는 대로 먹고 버티며 견뎌 내야 한다. 한 번쯤 불태웠다고 전신이었다고 소주잔에 털었다.

밤 12시 웃음꽃 핀 작업반장 빈소에서

제4부 아직 작업 중

아직 작업 중

올해 최고 강우량
폭풍 같던 지난밤 장대비

작업장 마당 모퉁이 나무그늘
제 몸보다 큰 흙 짊어지고
줄지어 분주한 곰개미

언제 시작되었을지 모를 보수공사
입구 옆 돌멩이 밑 그득한 고치
야근은 물론 주 52시간도 불사한 그들

모든 것 지키려 한
제 것이 아닌 몸뚱이
왕국의 소모품이다

외줄타기

고층 빌딩 옥상 난간
앵커볼트 생명줄

달비계* 걸어 온몸 맡긴 레펠
세 글자 붙이려 시작된
목숨 건 외줄타기 일터

네 번 오르고 내리면 끝이지만
쉽지 않은 저승길 네 번

녀석은 오십만 원
크레인은 팔십만 원
일당 십오만 원

초등학생 아들 학원비
매번 오르고 싶은 고층 빌딩 옥상이다

* 달비계: 고층 건물 외벽 로프 작업 시 사용되는 안전 의자.

마흔 장 현수막

어린이 수영장
무더운 여름 날려 버릴
디자이너도 흥이 넘치는 홍보 작업이다
오후 내내 거리마다 걸린
마흔 장 현수막
늦은 오후 달려온 담당 주무관
오타 색상 설치 장소 확인 후에
운영 기간 바꾸자 한다
밤샌 막내 두 눈이 벌개진다
다시 쉬지 않고 도는 재봉틀
분주하게 끼운 각목
튼튼하게 묶은 끈
수고했습니다
미안하다는 말은 없다

의미 없는 수정 보수
원래 그랬던 것처럼
새로이 제작하는 관례일 뿐이다
다시 걸린 마흔 장 현수막

잊을 수 없는 제막식

끝난 리허설
결코 쉴 수 없는 휴식
점검의 시작
내빈 출연자 시민 출입자 동선 확인
행사장 설치 시설물 확인
외벽 제막 확인
모든 것이 행사다

시작된 제막 행사
촉각 세운 담당 주무관
무대 운영 바쁜 총감독
작은 것 하나 쉴 새 없이
챙긴 행사 도우미
마지막 하이라이트
건물 밖 제막식

아뿔싸! 떨어진 제막
사람 한 명 나가기 힘든 2층 창밖 케노피
안전장치 하나 없이 매달려
순식간 끝이 나 버렸다

안전 생각 잊은 지 오래

역사로 남은 제막식

모처럼 가족 소풍

뜨거운 햇살 땀으로 젖은 온몸
무지개 아래 싱글벙글
시원한 바람 밀려오는 파도
물속 헛걸음 달리는 해맑은 아이들
시원한 수박 자르는 아내
캔 맥주 하나 쥐고 세상 다 쥔 듯
오늘은 햇살로 그을릴 것이다

맞벌이 집안일
친구 하나 없는 타향살이
아이 낳고 키운 지난 세월
힘들다 어렵다 한마디 없는
강제로 버리고 잊어버린 아내
환하게 웃고 있다

뉴스 나온 몸값 귀한 달걀
근심 가득 희망 없는 봉급
빨간색 그득한 아내 가계부
걸레 들고 방만 닦는다

아내에게 한 프로포즈 약속
노동이 존대받는 세상
지켜지지 않는 공약 되었다

남은 상처

한때
수많은 사람 입에 오르내리며
정점 찍었던 날
뒤로한 이십 년
너는 나를 만났다

세월 흘러 망가지고 녹슬어
빛 잃고 구겨진 상처 많은 몸
피복 벗겨지고 전선 깨진 형광등
부러진 지지대 뭉개진 피스 머리의
너를 보았다

부속품 갈아 빛을 내고
새로이 옷 입은 너는
세상 밖 정점 다시 찍겠지

주름 많고 거죽 늘어진 새까만 얼굴
팔다리 그러하고 만성 요통, 결린 어깨
내장 썩어 병들고 찾은 동네 병원
재활용될 수 없는 환갑 넘은 기술자
그들이 고친 간판만 못한 사람들이다

산재 대신에 의료보험

스크래퍼* 놓친 찰나
허벅지 안쪽 파고든 재해
119 구급대 소방관들
손 바쁜 큰일이란다

혈관 잡고 꿰맨 응급수술
눈 뜨니 반가움과 놀란 눈물
근심 가득한 아내 얼굴

의료보험 접수하고 돌아온
회사 대표 근심 지우고 웃으며 치료나 하란다
일당 없는 휴가 끼니 걱정
안전사고 방지 정책 산재 많은 회사 응징 덕분에
산재 없는 노동자 재해라
몇 푼 쥐어 주면 감사할 따름이다

다시 출근할 수 있다.

---

* 스크래퍼: 칼날을 꽂아 바닥이나 면에 붙은 것을 긁을 때 사용하는 도구.

노동자 단풍놀이

옷 속까지 스며드는 따가운 놈
떼로 몰려와 살갗을 파고들 때
서늘한 하늬바람
늑장 부린 놈에게 호통칩니다

울긋불긋 화장하고 햇살 뒤 숨어
하늘 위 양떼구름 세어 보라고
하늬바람 손짓합니다

줄지어 내려온 행락객 줄에 섞여
산채나물 더덕무침 녹두전 어울려
동동주 막걸리 소주 엎치락뒤치락
흥도 절로 나고 신이 납니다

오늘 노동자 단풍놀이
크게 노래라도 부를 참입니다

잃어버린 손가락

외마디 비명 사방에 튄 핏방울
카터기에 새끼손가락마저 잃었다

비 내리는 늦은 밤
슬픔으로 굳게 뭉친 동네 포장마차
억울함과 시련을 이기자는 다짐의 소주잔
빈 새끼손가락 걸 수 없다

떠들어 봐야 우습기만 한
따질 수 없는 노동판
노동자는 꿈꾸는 것도 사치다
처절한 굴레다

노동 현장의 관행

속절없이 지는 단풍
입김 절로 나는
늦가을 이른 아침
따스한 캔 커피 손에 들고
갑사 절경과 눈인사 나눈다

부스스한 머리 눌러쓰고 나온 모자
삐죽삐죽 콧수염 입 주변 하얀 각질
다 구겨진 작업복 차림 일꾼들
너 나 할 것 없이
풍광과는 어울리지 않는 차림이다

산새 지저귀고 이름 모를 꽃 반겨 주는
휘모리장단 흥나는 일터
정규직, 계약직, 일용직 너나없이
노동자 모이면 신명나는 한판 예술이다

웃고 떠들며 치장된 행사장
주최 측 담당자 속속들이 모여
이구동성 찬사 어깨마저 들썩이는 한마당이다

모든 행사장 그러하듯 높은 양반 툭 던지는

여지없는 태클, 사라지지 않는 잘난 척

선진 문화 선진 회사 값비싼 노동 문화 언제나 이룰까?

꿈같은 희망, 바람 섞인 노동자의 한 맺힌 푸념

변함없는 그들만의 존귀한 노동이다

일하는 사람들의 아우성과 절실한 고독, 그리고 시
적 곳간

김홍정(소설가)

1. 우연한 만남과 안타까운 공감

2022년 상반기 공주문화재단이 공주 시민들을 대상으로
'문학인문학' 강좌를 열었고, 필자는 주 1회 12주 24시간 동안
글쓰기 강의를 진행했다. 이 강의에 몇몇 열성 참가자들이 있
었고, 양진모 시인도 그 열성 참가자 중 하나다.

양진모는 광고 업계의 경력 디자이너이자 행사 기획자이고
공주문인협회 사무국장으로 일한다. 양진모는 문학 전공자는
아니나 성장 과정에서 끊임없이 백일장 대회에 참가했고, 일
하는 사람의 현실을 시로 표현하고자 노력했으며 노동 현실을
시로 그려 낸다. 양진모의 시적 사유 공간은 사무실보다는 거
리, 전신주, 건물 등에서 구조물을 용접하고 설치하는 열악한

작업 환경 속에 있다. 그는 고등학교를 졸업하자마자 어릴 적 경제적 어려움으로 현장 노동자로 일했다. 가정을 이룬 후 가장으로서 책임 때문에 일하는 현장에서 떠날 수 없었고, 지속적인 자기 개발로 동료들과 함께 일하는 작업공간을 이루었고 동료들에 대한 남다른 애정을 지니고 있다.

감성이 예민한 10대 후반부터 그가 접한 현장의 극한 상황은 쉽게 지나치고 잊을 수 없는 우울과 아픈 상처를 남겼다. 그 흔적은 일하는 시인을 꿈꾸던 문학청년의 시적 사유를 거치면서 건강성을 찾는 계기가 되었다. 양진모는 전태일의 삶에 관심을 지녔고, 박노해, 백무산 시인들의 글을 읽었으며, 송경동 시인의 작품에 관심이 높아 시집을 홀로 읽었다. 이른바 노동 현장을 그리는 시인들의 작품에 몰입한 것은 필연일 수도 있겠다. 그러니 양진모 시인의 시 세계는 일하는 현장을 떠날 수 없으며 함유된 사유도 일하는 사람들에게 배인 참음과 견딤, 간절한 소망, 새로운 세상을 지향하고 있음을 먼저 밝히고자 한다.

물론 양진모의 시는 현장 중심으로 경도되어 있다. 견고한 시어 선택과 탄탄한 시행, 환유적 표현, 아름다움을 이끄는 사유 등과는 일정 부분 거리를 두고 있고 즉자적 직설에 의존한다. 특히 전통에 근거한 운율과 심상 등은 양진모 시의 중심이 아닐뿐더러, 세련된 시의 형식도 발견하기도 어렵다. 오로지 양진모는 일하는 사람들을 통해 성과 위주의 곤고한 노동 현장과 노동자의 우울과 각성, 현실 인식 등을 곡진하게 끌어내고 있으며 지독한 자기 성찰을 통해 참다운 인간다운 삶이 무엇인지 집중한다. 그런데 불편한 선동처럼 보이지 않는다. 어쩌면 소박한 문학청년의 자기 고백으로 들려 안타까운 공감으로 일관한다.

2. 시적 곳간을 이루는 가난의 현실

양진모의 시집 『비로소 끝난 리허설』을 보면서 몇 편의 글들을 연상하며 편견을 줄일 수 있어 오히려 다행이다. 가난을 으레 불편하게 바라보게 되는 것은 통상 성공한 자의 돌아보기에 나타나는 회한과 성취감의 근거한다. 최근 금수저, 흙수저 논란이 일면서 노력해도 가진 자의 자리로 올라갈 수 없는 현실에 대한 냉소적 비판이 넘쳐난다. 그런 비판을 담은 글을 읽으며 자칫 가난한 자의 후손들은 대물림되는 가난의 고통에 시달리게 된다는 당위를 인식하게 되고, 설령 그런 현실에 대한 고발이 담겨 있어도 그 총체적인 불편함을 지울 수는 없다. 가난의 현실을 안빈낙도로 치유하려던 위선적 문학 의식으로는 깊이 자리한 속상함을 치유할 수 없으나 양진모나 백석의 시편에서 만나는 가난은 다르게 느껴져 다행스럽다.

해바라기 하기 좋은 벼ㅅ곡간 마당에
벼ㅅ짚가티 누우란 사람들이 둘러서서

어늬 눈 오신 날 눈을 츠고 생긴 듯한 말다툼 소리도 누우라니

소는 기르매 지고 조은다

아 모도들 따사로히 가난하니

　　　　　　　　　　　—백석 「삼천포—남행시초4」 부분

　누렇게 뜬 얼굴의 사람들이 벼를 쌓아둔 곳에 기대여 해바라기를 하며 사소한 말다툼을 벌이는 곳 가까이에서 등에 얹은 안장을 풀지 못한 소가 졸고 있다. 사람들은 가난하여 곳간의 벼는 그들과 무관할 것이다. 그렇더라도 쌓인 눈을 치고 해바라기를 하는 그들은 운명의 무게를 짊어진 소와 다르지 않게 가난할 것이나 해바라기를 통해 한때의 따사로움을 즐기고 있다. 그들에게 이후의 일은 말할 필요가 없다. 내일은 불편한 가상이고 오늘을 억압하는 요인이 될 것이다. 미래에 닥쳐올 약속이나 기대는 현실의 고통을 줄이는 것이 아니라 속이는 강팍한 과정일 수 있다. 일하는 이들에게 현실은 오늘의 문제이기 때문이다.

　　작업차 짐칸에 실려
　　차령고개 지나는데
　　붉은 노을 물드는 나뭇가지
　　만날 수 없는 어머니의 손이다

밥이나 제대로 먹고 일하는지
걱정은 이미 고개를 넘는다
산등성이 걸린 해를 보며
손 내밀 내일조차 없어 비로소 혼자다

—「길」부분

눈이 내리면 가슴이 시립니다.
스무 살 어린 마음은 추억 속에서 설레지만
지금은 공장 입구 눈을 쓸어야 합니다.

…(중략)…

야, 빨리 눈 치우고 일해야지
깜짝 놀라 바라본 하늘에는 여전히
그대가 환하게 웃습니다.

—「눈이 내리면」부분

밥을 걱정하는 현실에서 손 내밀 내일은 속임수가 아닐 수
없다. 하지만 지혜로운 시인은 이 속임수를 견디는 방식으로
찾아낸 것은 물질적 환경의 변화나 풍요로움이 넘치는 식탁이
아니라 지금 같이 있지 않아도 힘이 되는 어머니의 손이고 환
하게 웃는 그대의 얼굴이다.

게오르그 루카치Georg Lukacs는 문학의 총체성을 말하며 개

인과 현실, 가치와 현실, 예술과 삶 등에서 불가피하게 부닥치는 양면성이 바탕을 이룬다고 언급한 바 있다. 삶과 분리된 시적 현실은 가당치 않다. 작품 속에서 언급되어야 할 현실은 이른바 '저켠(현실에서 벗어난 삶)'이 아닌 '이켠(삶의 현실)'이어야 하고 '이켠'의 삶이 구체적인 개별성에 집중하면서도 '이켠'에 상당한 지배력을 발휘하는 전체성을 담아야 한다는 문학의 과제를 적시한 바 있다.

양진모는 '이켠'에 전력한다. 불편한 '이켠'에 몸을 둔 현실에서 '저켠'을 생각하지 못하는 것이 아니라 너무 멀게 느껴지기 때문일 것이다. 그와의 대담에서 들은 바대로 양진모의 시적 근원을 청계피복노조 노동자들에 대한 인식에 근거한다면 청계 피복 노조 운동의 진원지와 그 운동을 억압하기 위해 반동적으로 작동한 시대 현실을 이해해야 한다. 그것은 10대 후반 양진모가 겪은 1990~2000년대 노동 현실이 1970년대 청계 피복 노동자들의 현실과 크게 다르지 않게 시적 현실로 구체화되었고, 그 현실을 바라보는 시각조차 다르지 않기 때문이다.

찜통 같은 공장에는 선풍기도 거의 없다. 무더운 여름이 되면 엉덩이부터 얼굴까지 온통 땀띠로 뒤덮였다. 땀띠에 먼지가 앉으면 뭉쳐서 혹이 되어 곪아 터지기 일쑤였다. 여름 내내 얼굴에 '이명래 고약'을 붙이고 다녔다. …(중략)… 공장 바닥은 나무판자라 발걸음을 옮길 때마다 삐걱삐걱 소리를 냈고, 화장실은 몇 집 건너 하나씩 있었는데 그대로 청계천으로 떨어지도록 바닥에 구멍만 뚫어 놓았다.

—안재성, 『청계 내 청춘』, 돌베개, 2007, 86p.

뙤약볕 아래 웃통 벗고 일하는 건 다반사
매일 갈아 치우는 유래 없는 뜨거운 일기 예보
실외작업장 선풍기는 어느새 뜨거운 바람이다
목에 걸친 수건 절은 땀으로 숨이 턱 막힌다

…(중략)…

우당탕탕
간판을 부여잡던 크레인 고리 한쪽이 끊어졌다
철공소 같은 작업장에 정적
찰나다

—「작업장 재난」 부분

처음 시작은 꿈도 생기도 있었을 터
점점 숙련된 머슴이 되는 기능공 기술자
주름은 늘고 흰 머리 그득한 몸
상채기 온통 고름꽃이다
갈라진 손끝 파랗게 변하고 있다

—「파래진 손끝」 부분

노동자들은 고용주들의 이해가 작동하는 공간, 현장에서 일
하게 마련이다. 노동 생산성과 이익 창출을 우선하는 열악한

환경은 최소한의 인간다운 삶조차 제한한다. 청계피복노조의 작업 공간은 양진모의 작업 공간으로 재현된다. 노동자들의 몸은 허술한 공간에서 서서히 망가지거나 온몸이 '상채기 온통 고름꽃'이다. 그나마 살아 있는 육신은 늘 안전사고의 위험에 시달려 재난에 빠지기도 한다. 간판을 잡고 있던 크레인 고리가 끊어지자 순간 작업장은 정적에 쌓인다. '찰나다' 시어에는 더 이상 압축할 수 없는 단호함을 드러낸다. 돌이킬 수 없는 처참함이 담겨 있다. 이 한 단어의 시어 '찰나'는 그간의 모든 고통과 인내를 벗어나는 순간이더라도 되돌릴 수 없는 허망함과 남은 가족들의 고통으로 이어지는 고통의 연속일 뿐이다.

일하는 사람들의 소박한 소망은 잠깐이라도 마음 편하게 다가오는 여유와 넉넉함이다. 경제적 여유나 일확천금은 기대하지 않는다. 그저 배고프지 않고 살아갈 수 있는 내일이면 족한 현실일 것이다.

작업장 난로 활활 타는 불구덩이로
으레 은박지 꼭 싸서 넣은 고구마
두렵지만 허기진 뱃속 군침이다
혹여 부장이라도 본다면
하루의 시작이 그리 편하지는 못할 터
채 익지도 않은 고구마를 꺼내
목구멍에 밀어 넣는다
턱 막힌 목

훔친 것도 아닌 것을

방울방울 맺힌 눈물

가슴 두드리며 마신 물 참 쓰다

—「고구마」 부분

배고픔 한가득 비우며

호사 떠는 눈물 가득 채운 잔

고향 엄니 술잔이다

—「회식」 부분

퇴근길 호사롭게 호기를 부리는 술잔이 아니라 비록 눈물로
잔을 채울지라도 객지 일터로 나간 자식을 마음에 둔 고향 어
머니의 마음과의 교감하는 현실이다. 그러나 실제 작업공간에
그런 여유로움은 없다. 새벽밥을 거르고 작업장에 달려온 노
동자들은 나름 고구마 몇 개로 허기를 채울 참이다. 하지만 한
가롭게 고구마를 구워 먹는 일상은 작업 현장에서는 용납되지
않을 것이다. 익지도 않은 고구마는 목에 걸리고 가슴이 답답
해진다. 실상은 고구마 탓이 아닐 것이다. 그렇게 살 수밖에
없는 노동의 현실에서 느끼는 답답함이다. 벗어날 수 없는 한
계를 알면서도 설익은 고구마를 입에 욱여넣고 작업대로 가는
현실이 참으로 쓰다. 그러니 물 한 잔도 달지 않고 쓴 것이다.

1988년 5월 3일. 한 장의 신고필증이 노조에 도착했을 때
조합원들은 차라리 허탈감에 맥을 놓아 버렸다. 마구 끌어안

고 박수를 치고 기쁨으로 환호성을 올려야 옳은데 대체로 무
덤덤한 표정이었다. 겨우 이 한 장의 종이가 지난 7년 세월을
그토록 고단하게 만들었는가 생각하면 억울하기도 하고 허망
하기도 하였다.

—안재성, 위의 책, 595p

툭툭 부은 손
고름 잡혀 살이 썩어 가는 통증
살짝 닿기만 해도 온몸이 전율한다
긁혀 나간 살갗은 아물 줄 모르고
닳아 버린 무릎 윤활제가 필요하다

누구나 몸 성한 곳 없다
안전사고 개인 부주의라
혀끝을 차고
누구 덕에 배 기름 두르는지 모른 체
찢어진 입 놀려 댄다

…(중략)…

울부짖자 일어서자
썩은 몸 아우성쳐
마당 지키는 개보다 나은 삶 찾자
굳게 단결하여 사랑하는 내 가족 지키자
붉은 띠 매고 두 주먹 불끈 쥐어

쟁취하여 허리띠 늘려 보자

사람답게 살고 싶어졌다

―「노조」 부분

노동조합 신고필증이 노동 현실에서 승리의 징표가 된 것은 이미 35년 전 노동자 대투쟁이 벌어진 오래전 일이다. 지금은 노동조합 설립필증은 조건만 갖추면 그 자리에서 발급되는 그야말로 신고를 마쳤다는 필증이다. 굳이 양진모의 첫 시집에 「노조」를 넣은 까닭은 무엇일까? 더구나 그는 현재 노동조합이 없는 개인사업자 허가를 가진 노동자들이 모인 업체에서 일하고 있으니 갖는 궁금증이다. 노동자 의식이다. 이 의식은 고스란히 양진모 시에 살아남아 일터에서 생동하는 바탕이고, 일하는 사람들의 동병상련이고, 동업자 정신이고, 버릴 수 없는 삶의 실체다. 그러니 일하는 사람들의 모습이 양진모의 시를 이루는 총체성이고 바탕이고 곳간이다.

3. 고독한 자아와 서정성

한 권의 시집에 내재한 개인의 내력을 읽어 낼 수 있는 것은 삶에 대해 시인들이 밝히는 솔직한 자기 고백과 때 묻지 않은 서정 때문이기도 하다. 시에 담은 감정을 과장하거나 다른 물체에 이입시켜 애매한 환유로 일관하지 아니하고 때론 부끄

럽거나 감추고 싶은 불안조차도 꾸밈없이 드러내는 진실성이
있어 시인을 신뢰하고 아이러니한 시각으로 관조하게 된다.

> 뼈 빠지게 작업하고 받은 돈도
> 경비 제하면 빈손이다
> 숙소 마당 바람에 실린 아카시아
> 달콤한 향기로 더 슬픈 하루
> 누가 알까 두렵던 길이다
>
> —「길」부분

> 도시의 밤하늘을 밝히는
> 저 찬란한 불빛들
> 발길을 잡는 불나방들이다
>
> 이미 빈손
> 저녁 사 먹을 돈이 없어
> 야근 팀에 끼어 공장 밥을 먹는다.
>
> —「꿈은」부분

「길」에는 시인이 자신이 일하는 현실을 누가 알까 두려워했
던 자기 고백을 담고 있다. 감추고 싶은 힘든 노동의 현실은
늘 빈손이고 슬프다. 이 슬픔을 극대화하기 위해 찾아낸 매체
는 어디에든 흐드러진 아카시아 달콤한 향기다. 노동자 숙소,
어쩌면 합숙소이거나 독신자 숙소였으리라. 초여름 열어놓은
창문을 통해 새어 드는 향기는 달콤한 꿀 내음이다. 젊은이라

면 아카시아가 피는 시기에는 한껏 멋을 부리고 숙소 밖으로 나가 다른 젊은이들과 활기차고 씩씩한 하루를 즐겨야 한다. 더구나 급여를 받은 날이다. 그런데 화자는 밖으로 나갈 수 없다. 남은 돈이 없는 가난의 현실이 도사리고 있다. "도시의 밤하늘을 밝히는/ 저 찬란한 불빛들"에 몸을 맡길 수 없는 현실이다. 자신의 의지가 아닌 억압된 현실 때문에 젊음을 제한해야 하는 것은 참으로 슬픈 일이다. 억압된 현실은 동년배 다른 이들과 혹은 마음에 둔 여인들과 어울릴 수 없고, 숙소에 홀로 남는 고독을 감내하도록 강요한다. 젊은이의 욕망을 이끄는 숱한 손길을 '불나방'으로 치부하고, 더욱 빈속을 달래려 야근 팀에 끼어 공장 밥으로 끼니를 해결하고 견디어야 한다. 숙명으로 달래기엔 너무도 슬픈 아카시아 달콤한 향기 퍼지는 계절이다. 아이러니다.

종일 내린 장대비
쌓인 일거리 미루고 창고 앞에서 서성거린다

마당 움푹 파인 작은 물구덩이
첨벙첨벙 빗속을 뛰어다니다가
부르르 떨며 짖어 대는 뿌꾸
마당 한구석에 자리 잡은 녀석 아방궁
때 되면 차려지는 진수성찬
세상 부러울 것 없다

철 지난 두꺼운 누비옷

빗방울과 진흙 묻은 털보다 못하다

방 한 칸 없어 휴게실에 몸 눕히고

선택할 것 없는 구내식당의 점심

어디 하나 녀석보다 좋을 수 없다

슬그머니 다가와 우두커니 바라보는 뿌꾸

내 형편을 아는지 애처롭다

—「뿌꾸」 전문

　　화자는 공장 마당에서 마음껏 뛰어다니는 개, '뿌꾸'와 자신을 견준다. 자기 비하적 시선이 너무도 분명하다. 화자에게 부디 자기 비하의 우울을 견디며 어찌 개만도 못한 인생을 운명이라 말하고 받아들이라 할 것인가. 이 독한 현실을 바꿀 수 있다고 젊은 노동자에게 단호하게 말할 수 있는가. 불편하다. 그렇다면 이 아픈 청년의 삶을 부끄러운 자기 고백의 언어로 그대로 그려 내는 시인의 의도는 무엇인가. 선배 노동자 이재식씨에게서 답을 찾는다.

평생 소작한 가난한 농부 아비

품앗이로 새벽부터 일하는 어미

변변치 않은 입성 누비고

줄줄이 방 한 칸에 눕는 식구들

학비 없어 그만둔 중학교

역마살 끼어 나다니기 좋아한 것이 다행이다

…(중략)…

오롯이 수십 년 한 길만 걸은

숙련공 공장장

무심한 세월 변하지 않는 것

열심히 일한 노동자 땀 값

고스란히 적힌 노트 두 권

대한민국 노동자, 이재식 씨

—「대한민국 노동자 이재식 씨」 부분

   이재석 씨는 어찌 보면 이 땅 어디에서든 만날 수 있는 노동자다. 대물림한 가난으로 학업을 포기하고 현장으로 나돌았다. 시인은 이런 운명을 차라리 역마살이 끼어서라고 위로로 삼는다. 하지만 떠돌이 삶 끝에 이재식 씨는 광고 노동자로 잔뼈가 굵어 공장장이 되었다. 그에게 자신의 노동 흔적이 담긴 노트 두 권을 지니고 있다. 광고 노동자만의 비밀스러운 성공 비결이라도 담은 것인지, 혹은 세파에 흔들리는 고통을 견디게 해 준 서정인지는 알 수 없다. 다만 노동자의 땀이 그 안에 담긴 흔적임은 틀림없다. 자신이 해 온 것처럼 이재식 씨는 신입으로 들어온 후배 노동자에게 노트 두 권을 선물한다. 노트 두 권을 채울 만큼 견디고 이겨 낼 수 있다면 후배 또한 숙련공 공장장이 될 것이라는 암시일 것이다. 시인은 그 노트 두 권에

주목한다. 어쩌면 노동자 시인 양진모에게 두 권의 노트가 있
으리라 단정한다면 억측일까. 그렇지 않을 것이다. 굳이 두 권
의 노트로 한정할 것은 아니지만 두 권의 노트를 가진 시인이
라면 그 안에 담겨 있는 고독과 그 고독을 견디어 온 서정을 기
대할 수 있지 않을까 한다.

4.『비로소 끝난 리허설』에 대한 고민과 불편한 간과

　　노동 해방을 부르짖던 시절은 예나 지금이나 다르지 않다.
노동과 노동자를 바라보던 시각도 사람마다 다르다. 자칫 자
기주장에 빠져서 자기중심으로 생각하고 자기 위주로 행동하
면 위태롭지만 타협하거나 양보하지 않는다. 겉으로는 함께
조화로운 삶을 말하지만 돌아서면 그만이고 오로지 자기중심
에서 벗어나지 않는다. 물론 이를 고집스럽게 여겨 간과할 수
는 없다. 사람마다 사는 방식이 다르고 목적하는 바도 다양하
기 때문이다. 다양한 의식이 작동하는 현실에서 무릇 시인들
이 탈 현장의 아름다움을 노래하고 고립된 이념을 감춘 낯선
내용으로 시를 형상화한다. 현장을 은폐하고 생동하는 기운을
받아 자연의 순리와 동화하는 기쁨을 그리는 것이 더 그럴 듯
보이기 때문이다.
　　노동의 현장을 벗어날 수 없으면서도 노동을 말하는 것은 불
편하다. 노동자의 진솔한 이야기를 담은 영화《카트》《젊은이

의 양지》등도 그 내용의 진실성 여부를 따질 것 없이 모두 흥행에 실패했다. 젊은 노동자가 지하철 보수 작업 중에 사고로 사망한 현실에 대해 언론과 시민 사회는 흥분하지만 잠시이고 그 노선, 그 지하철을 타는 이들은 사고 사실을 망각하고 나와 무관하게 여긴다. 나이거나 나와 관련된 이들이 노동의 현장에서 그와 유사한 상황에 접할 수 있다는 생각은 하지 않는다. 굳이 노동을 말하면 계층의 갈등으로 몰아 가는 경향도 있다. 봉준호 감독의 명작 《기생충》은 계층 간의 갈등을 풀어낸다. 그런데 그 영화조차 노동의 현장에 대한 근본적인 문제에 대하여는 입을 다물고 있다.

양진모 시인은 현장 노동자다. 광고를 디자인하고 거리로 나가 게시하고 무대를 짜고 백드롭으로 판을 이루고 음향팀과 행사를 이끈다. 직접 무대에 올라가 행사도 진행한다. 물론 주 진행자는 아니다. 경비 절감의 한 방책이다. 그가 사는 삶이고 그 노동 현실이 시의 못자리다. 선동가도 아니고 노동 이론가도 아니며 노동 운동가도 아니다. 그저 노동자고 노동으로 돈을 버는 가장이다. 그리고 어릴 적부터 꿈이던 시인이 되어 시를 쓴다. 그가 잘 아는 곳이 노동 현장이고 노동자들이다. 그의 시에 일하는 사람들의 노래가 담길 것은 너무도 분명하다. 이제 그의 말대로라면 리허설은 끝났다. 본 공연의 노래들이 펼쳐질 것이다. 그 노래들이 덜 슬프고 덜 아프고 덜 속상했으면 하는 바람이다. 그것이 그의 시를 새롭게 만드는 바탕이 될 것이다.